Dieses Buch gehört

. . . .

Text von Brigitte Trinkl
illustriert von Reingard Kopsa

NEUER BREITSCHOPF VERLAG

Komm mit mir in die Wüste und schau, was es in den trockensten Gebieten unserer Erde zu entdecken gibt. Es gibt viele verschiedene Wüsten, dieses Buch führt dich in die Wüste Namib in Afrika. Du wirst viele Tiere und Pflanzen kennenlernen, die sich an das schwierige Leben in der Hitze angepaßt haben. Ich zeige dir, wie das Leben in der Wüste bei Nacht und nach dem Regen so richtig erwacht. Kennst du das Schiff der Wüste? Wie wachsen die Datteln? Welche Tiere leben am Rande der Wüste, dort, wo das weite Grasland beginnt? Das alles und noch viel mehr erfährst du in diesem Buch. Dabei wird dir manches bekannt vorkommen, vieles aber auch neu sein. Außerdem gibt es einen

Bastelvorschlag, wie du dir zu Hause eine Wüste gestalten kannst. Im Rätselspiel am Ende des Buches kannst du überprüfen, wieviel du schon über die Wüste weißt.
Und nun viel Spaß beim Lesen und Beobachten.

Dein
Cornelius

Was ist eine Wüste?

Wüsten sind jene Gebiete unserer Erde, in denen es sehr heiß und trocken ist. Regen fällt nur ganz selten. Den ganzen Tag brennt die heiße Sonne auf Sand und Steine herunter. Und doch gibt es überraschend viele Tiere, die sich an das schwierige Leben in der Wüste angepaßt haben. Einige davon siehst du auf dieser Seite. Sie zeigt die Wüste Namib, eine der großen Wüsten in Afrika.

Oryx-Antilope

Hornviper

Springmaus

Was krabbelt da?

Wer genau schaut, entdeckt auch dort, wo es kein Leben zu geben scheint, viele interessante Tiere. Je heißer es gegen Mittag wird, desto mehr Tiere suchen Unterschlupf in selbstgegrabenen Höhlen oder im Schatten von Gräsern. Einige sind aber auch tagsüber unterwegs.

Die meisten Insekten haben einen harten Panzer, der sie vor dem Austrocknen schützt, und Stelzenfüße, um möglichst wenig mit dem heißen Sand in Berührung zu kommen. Die Sandechse hat eine ganz eigene Methode, ihre Füße zu kühlen. Weißt du schon, welche?

Grabwespe

Viele Käfer leben von den Pflanzenresten, die sich an der windabgewandten Seite ansammeln.

Wüstenigel

Die Falltürspinne versteckt den Eingang zu ihrer Wohnröhre hinter einem Netz, in das sie Sand einwebt.

Ameisenlöwe

Die Sandgrille hat verzweigte Füße, damit sie im lockeren Sand nicht einsinkt.

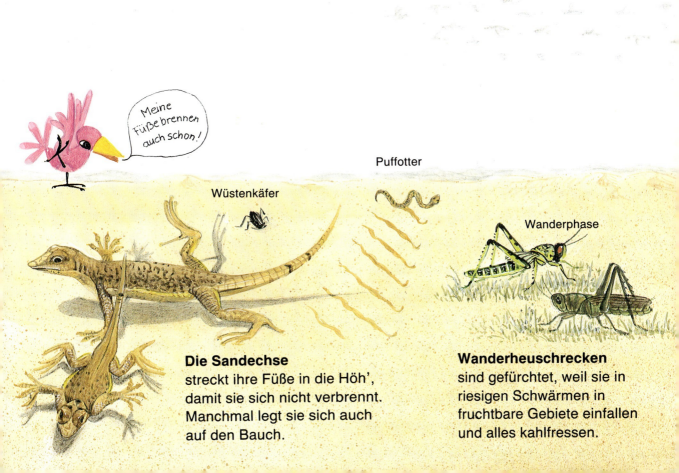

Die Sandechse
streckt ihre Füße in die Höh',
damit sie sich nicht verbrennt.
Manchmal legt sie sich auch
auf den Bauch.

Wanderheuschrecken
sind gefürchtet, weil sie in
riesigen Schwärmen in
fruchtbare Gebiete einfallen
und alles kahlfressen.

Die Wüste lebt

Das Chamäleon
wechselt seine Farbe
je nach dem Untergrund.

Die Mendesantilope
trinkt nie. Ihr reicht die
Flüssigkeit in den
Pflanzen, die sie frißt.
Sie ist besonders scheu.

Das Wüstenflughuhn
fliegt weite Strecken zu
einer Wasserstelle, taucht
den Bauch ein und bringt
das Wasser zu seinen Jungen.

Die Wüste bei Nacht

Die Nächte in der Wüste sind sehr kalt. Deshalb müssen sich die Tiere nicht nur vor der großen Hitze des Tages, sondern auch vor der Kälte in der Nacht schützen. Wunderst du dich jetzt noch, daß viele Tiere ein dichtes Fell haben? Schau auch auf den anderen Seiten nach, welche es sind. Erst wenn die Sterne am Himmel leuchten, erwacht das richtige Leben in der Wüste. Langsam verlassen die Tiere ihre Verstecke und begeben sich auf die Suche nach Futter.

Der Fennek
heißt auch Wüstenfuchs. Er hat große Ohren, über die er die Wärme in seinem Körper an die Luft abgibt.

Rennmaus

Der Goldmull
ist unserem Maulwurf ähnlich. Er hat keine Augen, hört aber sehr gut.

Die Wüste nach dem Regen

Wenn es in der Wüste regnet, dann stürzt das Wasser in einem kurzen, aber heftigen Wolkenbruch nieder. Schnell bilden sich reißende Flüsse, doch am nächsten Tag erinnert nur mehr feuchter Schlamm an den Regenguß. Aber das genügt, um eine Vielzahl von Pflanzen zum Blühen zu bringen.

Blaue Rüsselkäfer

Feigenkaktus

Die Welwitschia kann 100 Jahre alt werden. Ihre Blätter wachsen immer weiter.

Wolfsmilchgewächs

Lebende Steine

Das lange Fell schützt vor der sengenden Sonne. Im Sommer ist das Fell weniger dicht.

Die Augen sind durch lange Wimpern gut geschützt. Kommt doch einmal Sand hinein, dann weinen die Kamele.

Bei Sandstürmen verschließt das Kamel seine Nasenlöcher.

Die dicken Schwielen an Ellbogen und Knieen ermöglichen das Lagern im scharfen Sand. Die breiten Zehen verhindern das Einsinken.

Oasen — grüne Inseln

Oasen sind Orte mitten in der Wüste, in denen sich Wasser sammelt. Manchmal wird das Wasser auch in unterirdischen Kanälen von weit her aus den Bergen geholt. Karawanen, die durch die Wüste ziehen, rasten hier. Menschen und Tiere bekommen Wasser und Essen.

In den Beeten wird Gemüse und Obst angebaut. Die Lehmhäuser stehen eng nebeneinander. Sie haben ganz kleine Fenster, damit möglichst wenig Hitze eindringt. Unsere Störche und Schwalben verbringen den Winter in den Oasen Afrikas.

Die Dattelpalme

Die Dattelpalmen sind die wichtigsten Pflanzen in den Oasen. Die Früchte wachsen in Büscheln rund um den Stamm. Ein Sprichwort sagt: „Die Füße der Palme müssen im Wasser stehen, die Krone muß von der Sonne verbrannt werden." Aus den Palmwedeln flicht man Körbe, Matten und Dächer.

Schokoladedatteln

Zutaten:
Datteln
Walnüsse
Schokoladesauce

So wird's gemacht:
Nimm die Kerne aus den Datteln und gib statt dessen Walnußstücke hinein. Spieße immer eine Dattel auf eine Gabel und tauche sie in warme Schokoladensauce. Abtropfen lassen, und auf einem Teller auskühlen lassen, bis die Schokolade hart ist. In Papierförmchen servieren.

Am Rande der Wüste

Dort, wo die Wüste in die Savanne oder in die Steppe übergeht, wächst schon etwas mehr Gras. Es gibt einzelne Sträucher, und im Hintergrund siehst du Akazien, die typischen Bäume der Savanne.

Hier leben die Tiere, die du auf diesen Seiten siehst. Mehr über Giraffen, Löwen und andere Tiere, die im Grasland leben, erfährst du im Buch „Komm und schau mit uns in die Savanne".

Das Stachelschwein stellt seine Borsten auf, und rasselt mit den Schwanzstacheln, wenn es einem anderen Tier drohen will.

Das Mähnenschaf lebt in den felsigen Teilen der Wüste. Tagsüber bleibt es im Schatten der Felsen. Die langen Haare und der Bart schützen es gut vor den Sandstürmen.

Termiten
sind Insekten, die steinharte Hügel bauen. Diese Bauten können mehrere Meter hoch sein und ganz verschieden aussehen.

Drinnen leben die Königin und viele Arbeiter und Soldaten, so wie bei unseren Bienen. Oft züchten sie Pilze, die sie gern fressen.

Bei Gefahr rollt es sich ein.

Schuppentier und Erdferkel
reißen mit ihren Krallen die harten Termitenbauten auf und lecken die Insekten mit den klebrigen Zungen auf.

Wir basteln und spielen

Falte ein Stück Naturpapier und lege eine Tierform so auf, daß sie mit dem Bug abschließt, umfahre sie mit einem Bleistift und schneide sie aus. Für manche Tiere ist es besser, Kopf und Hals oder Schwanz extra auszuschneiden und einzukleben — wie du beim Kamel siehst.

Das Hausdach besteht aus einer Kreisscheibe, die bis zur Mitte eingeschnitten wird. Je nachdem, wie weit du die Enden übereinanderklebst, entsteht ein spitzes oder ein flaches Dach.

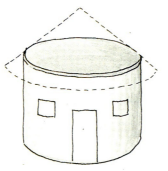

Andere Bastelvorschläge findest du im Buch über den Dschungel.

Spielregel:

Die Spieler würfeln nacheinander und schieben ihre Spielsteine so viele Felder vor, wie der Würfel Augen zeigt. Wer auf ein oranges Feld kommt, soll die jeweilige Frage beantworten. Ist die Antwort richtig, darf er noch einmal würfeln. Wer die Antwort nicht weiß, setzt einmal aus und schaut später nach. Sieger ist, wer als erster den Dornenbusch erreicht.

3	Welche Kakteen kennst du?
7	Welches Tier wechselt seine Farbe?
10	Wie heißt der Vogel, der Wasser von weit her holt?
13	Warum hat der Wüstenfuchs so große Ohren?
16	Wie schützt sich das Mähnenschaf vor dem Sandsturm?
18	Welche Tiere fressen Termiten?
21	Wo wachsen die Datteln?
24	Warum hat das Dromedar einen Höcker?
27	Wie nennt man die grünen Inseln in der Wüste?
30	Wann blüht die Wüste?

CIP-Titelaufnahme der Deutschen Bibliothek

Komm und schau mit uns in die Wüste / Brigitte Trinkl.
Ill. von Reingard Kopsa. — Wien : Breitschopf, 1989
(Spielend wissen)
ISBN 3-7004-0934-6
NE: Trinkl, Brigitte [Mitverf.]; Kopsa, Reingard [Ill.]

Alle Rechte, auch die des auszugsweisen Nachdrucks,
der photomechanischen Wiedergabe, der Übersetzung
und der Übertragung in Bildstreifen, vorbehalten.
© Copyright by Breitschopf KG, Wien 1989
ISBN 3-7004-0934-6

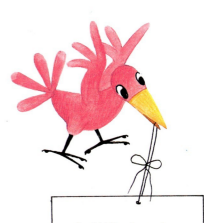